どうぶつのかぞく ペンギン

# はらぺこペンギンのぼうけん


吉野万理子《よしのまりこ》 作　松成真理子《まつなりまりこ》 絵　今泉忠明《いまいずみただあき》 監修


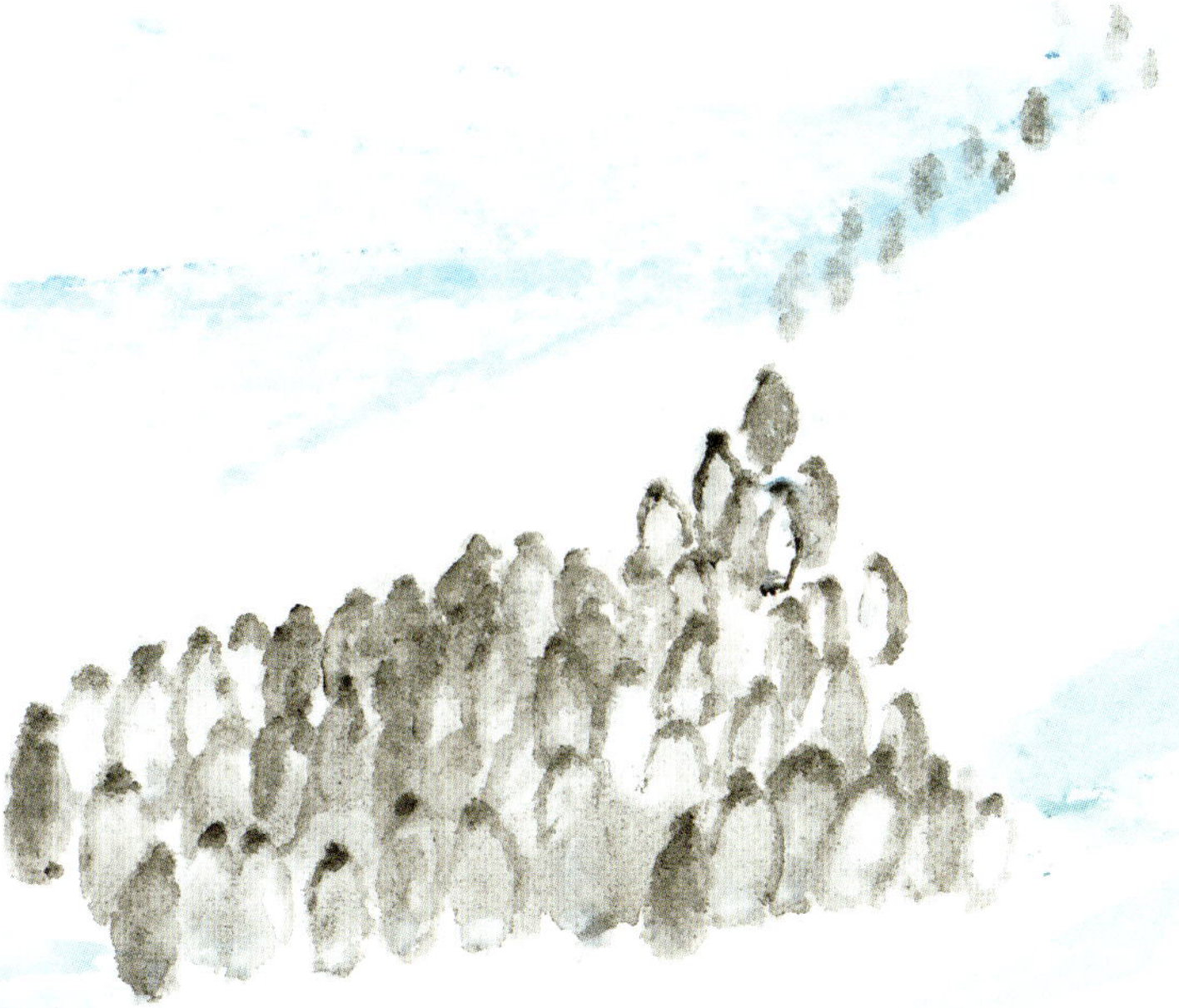


講談社

どこまでも白《しろ》い白《しろ》い氷《こおり》の大地《だいち》が広《ひろ》がっています。

もし人間《にんげん》がここにおりたったら、「こんなところに生《い》きものなんているわけがない。」と思《おも》うはずです。

ふきぬける風《かぜ》はさすようにつめたくて、ほんの数分《すうふん》で、まつげがこおってしまうほどのさむさだからです。

ところが、この地《ち》には、たくさんの鳥《とり》たちがいるのでした。

お父《とう》さんペンギンたちのむれ。

しかもお父《とう》さんたちは、とってもわくわくしながら、まっているのです。

あしの上《うえ》にかかえたタマゴから、そろそろかわいいこどもが、生《う》まれてくるんじゃないかと。

じつはお父《とう》さん、タマゴをあたためつづけて、なんと二か月《げつ》になるのです。その間《あいだ》、雪以外《ゆきいがい》なにも食《た》べず、ただひたすらタマゴをたいせつに、あしの上《うえ》にかかえて、だいてきたのでした。

二か月前《げつまえ》は三十六キロあった体重《たいじゅう》も、二十三キロにへってしまっています。

それでも、お父《とう》さんはちっともかまわないのです。なによりもだいじなのはタマゴですから。

「はやく出《で》ておいで。はやく会《あ》いたいな。」

お父《とう》さんは、そうよびかけました。そして、

「あっ。」

とさけびました。

ピーピーとへんじがきこえてきたのです。そしてタマゴのからが、ほんのちょっと、われたのでした。

「出《で》ておいで、出《で》ておいで。」

よびつづけると、からは、さらに大《おお》きくわれました。

あらわれた！
白《しろ》とはいいろの、小《ちい》さなペンギンです。

お父《とう》さんは、大《おお》きな声《こえ》でさけびました。

「よく生《う》まれてきてくれたね！　羽根《はね》がフクフクふくらんで、なんてかわいいんだろう。この子《こ》の名前《なまえ》はフクフクにしよう。」

こうして、生《う》まれたてのペンギンの男《おとこ》の子《こ》は、フクフクという名前《なまえ》になりました。

フクフクは、お父《とう》さんから、まいにちごはんをもらいました。お父《とう》さんはのどのおくに、フクフクにあげるためのごは

んをずっと用意《ようい》していたのです。

それを、くちばしからだしてくれます。フクフクは、小《ちい》さなくちばしをせいいっぱいのばして、それを受《う》けとりました。

とってもおいしい。それに、お父《とう》さんのあしの上《うえ》にあるへやは、ほかほかあったかくて、気持《きも》ちがいいのでした。

ただ、ちょっぴり問題《もんだい》もありました。

お父《とう》さんは、フクフクが生《う》まれたのがとてもうれしくて、よそのお父《とう》さんに見《み》せてまわるのです。

「ほら、この子《こ》、うちのフクフクです。」

そういって、お父《とう》さんはあしの上《うえ》のへやにいるフクフクをしょうかいするのでした。

そのたびに、フクフクは悲鳴《ひめい》をあげました。

「さ、さむいよーっ。」

つめたい空気《くうき》が入《はい》ってきて、体《からだ》がさっとひえてしまうのです。

フクフクはあいさつするどころか、あしの上《うえ》のへやにかくれてしまうのでした。

フクフクが生《う》まれてから一週間《しゅうかん》がたちました。

まわりにも、赤《あか》ちゃんペンギンが、次々《つぎつぎ》生《う》まれています。

ピュルルルル、ピュルルルル、という鳴《な》き声《ごえ》が、あちこちから聞《き》こえてきます。

それを聞《き》いているうち、フクフクもおなかがすいてきました。

「ごはんちょうだーいっ。」

お父《とう》さんにむかって、いつもどおりよびかけました。へんじがないので、しかたなくあしの上《うえ》のへやから顔《かお》をだして、お父《とう》さんを見上《みあ》げます。

すると、お父《とう》さんはくちばしを横《よこ》にふりながら、しずかにいうのでした。

「ごめんな、フクフク。もう食《た》べるものはないんだよ。」

「ええーっ、なんでぇ。」

「お父《とう》さんは、もう何《なん》か月《げつ》もなにも食《た》べてなくてね。わずかにのこってた食《た》べものも、ぜんぶフクフクにあげて、おわりになっちゃったんだよ。」

そんなに長《なが》い間《あいだ》、食《た》べていないなんて信《しん》じられません。フクフクは、きのう食《た》べたばかりで、もうハラペコだというのに。

「お母《かあ》さんが、もうすぐ帰《かえ》ってくるからね。そうしたら、ごはんをもらえるよ。」

「えっ、じゃあ、はやく帰《かえ》ってきてほしい！」

フクフクはそういってから、気《き》づきました。そういえばお母《かあ》さんには、まだ一度《いちど》も会《あ》ったことがないのです。

どんなお母《かあ》さんでしょう。

フクフクのことを好《す》きになってくれるでしょうか……？

「ほら、フクフク。お母《かあ》さんが帰《かえ》ってきたぞ！」

お父《とう》さんの声《こえ》が聞《き》こえます。

「え！　ほんと⁉」

フクフクは、あしの上《うえ》のへやから顔《かお》をだしました。

よかった。きょうはあまりさむくありません。

たくさんのペンギンのお母《かあ》さんが、遠《とお》くから氷《こおり》の上《うえ》を、テクテク、テクテク、とゆっくり歩《ある》いてくるのが見《み》えました。

はるか遠《とお》い海《うみ》で、どっさり魚《さかな》をとって、もどってきたのです。

一羽《わ》のお母《かあ》さんペンギンが、フクフクとお父《とう》さんの前《まえ》で立《た》ち止《ど》まりました。

「まあ、この子《こ》が、うちの赤《あか》ちゃんね。かわいらしいこと。」

「こんにちは、ぼくフクフク。」

フクフクは、おなかがすいているのもわすれて、見《み》とれてしまいました。

お母《かあ》さんは、白《しろ》いおなかも黒《くろ》いつばさも、つやつや光《ひか》っていて、そしてとってもやさしそうです。

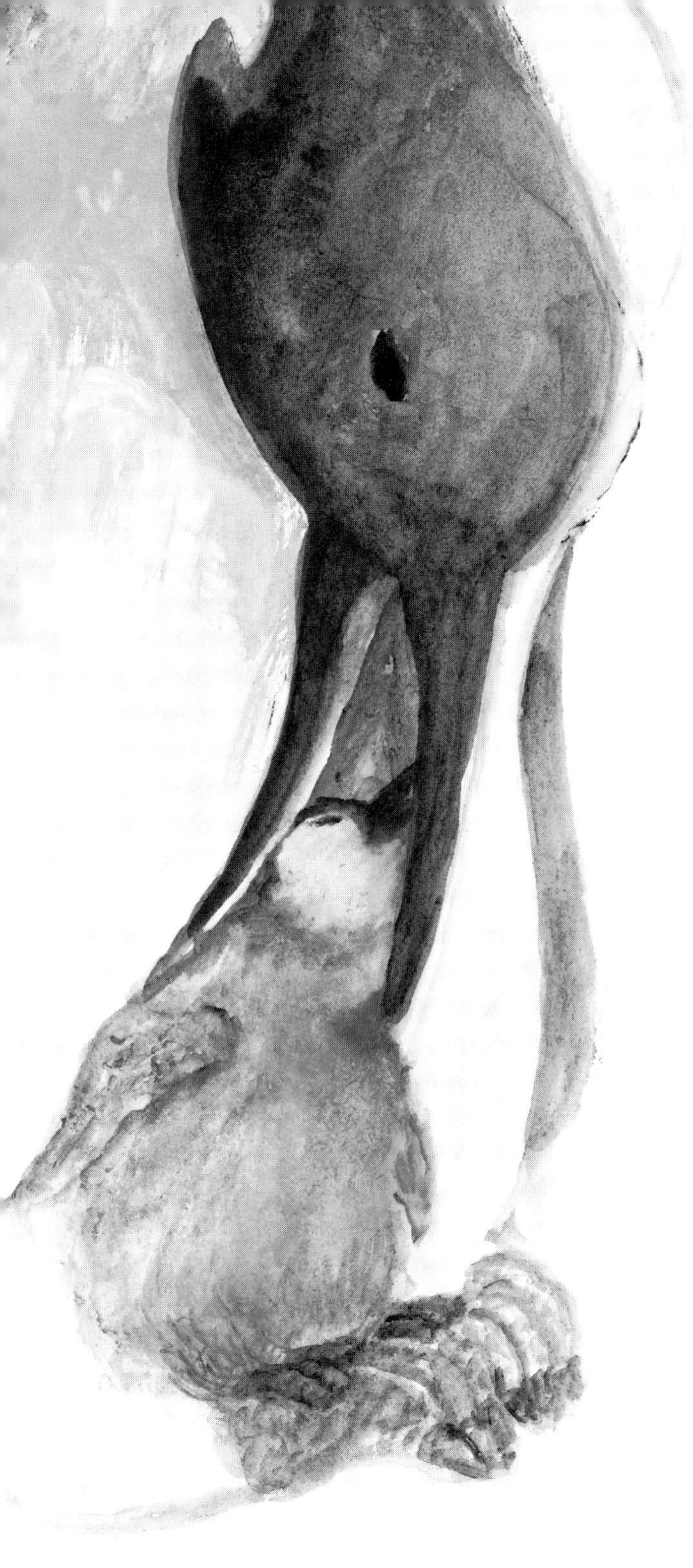

フクフクは、お父《とう》さんのもとから、お母《かあ》さんのあしの上《うえ》に
あるへやにうつりました。
「さあ、さっそく、ごはんのじかんにしようね。」

お母《かあ》さんが、やさしい声《こえ》でいって、かがんできます。フクフクは、めいっぱいくちばしをのばしました。

おいしいおいしい魚《さかな》のごはん。

「わー、おなかいっぱいだぁ。」

そのようすを見《み》ていたお父《とう》さんが、いいました。

「じゃあ、こんどはお父《とう》さんが海《うみ》に行《い》って、魚《さかな》をたっぷりつかまえてくるからな。」

「え、お父《とう》さん、行《い》っちゃうの？」

「そう。お父《とう》さんと、お母《かあ》さんは、交代《こうたい》で、フクフクのごはんを用意《ようい》するんだよ。」

そういって、お父《とう》さんはせなかをむけて歩《ある》きだしました。

海《うみ》はとても遠《とお》いので、もどってくるまで何週間《なんしゅうかん》もかかります。

ずっと、今《いま》までフクフクをたいせつにだいてきてくれたお父《とう》さん。

「はやく帰《かえ》ってきてねーっ。」

フクフクは、そのせなかにむかって、さけびました。

春《はる》になりました。

この大地《だいち》はとてもさむくて、夏《なつ》でも氷《こおり》がとけることはありません。それでも、少《すこ》しずつ気温《きおん》があがってきています。

「フクフク、いいお天気《てんき》だから、外《そと》を歩《ある》いてごらんなさい。」

お母《かあ》さんがいいました。

「ほんとだ。そんなにさむくない。」

思《おも》いきって、フクフクは一歩《ぽ》ふみだしました。お母《かあ》さんからはなれて歩《ある》くのは初《はじ》めてです。

「おー、フクフクちゃん、もう歩《ある》けるのね。」

「すごいわね。さすが、このむれのなかで、一番《ばん》に生《う》まれた子《こ》だけあるわ。大《おお》きいね。」

まわりのおばさんたちが、話《はな》しかけてくれます。後《うし》ろから
お母《かあ》さんがついてきてくれるので、フクフクは安心《あんしん》して、ど
んどん歩《ある》きました。
「あ、小《ち》っちゃい子《こ》がいる。」
フクフクは立《た》ち止《ど》まりました。
おばさんのあしもとから顔《かお》をのぞかせているのは、フクフ
クの半分《はんぶん》くらいの大《おお》きさしかない子《こ》でした。
「この子《こ》はね、ルル。女《おんな》の子《こ》よ。生《う》まれたときに、トゥルル
ルーってきれいな声《こえ》で鳴《な》いたから、ルルって名前《なまえ》になったの。」
そのおばさんが教《おし》えてくれました。
「ぼく、フクフク。よろしくね。」

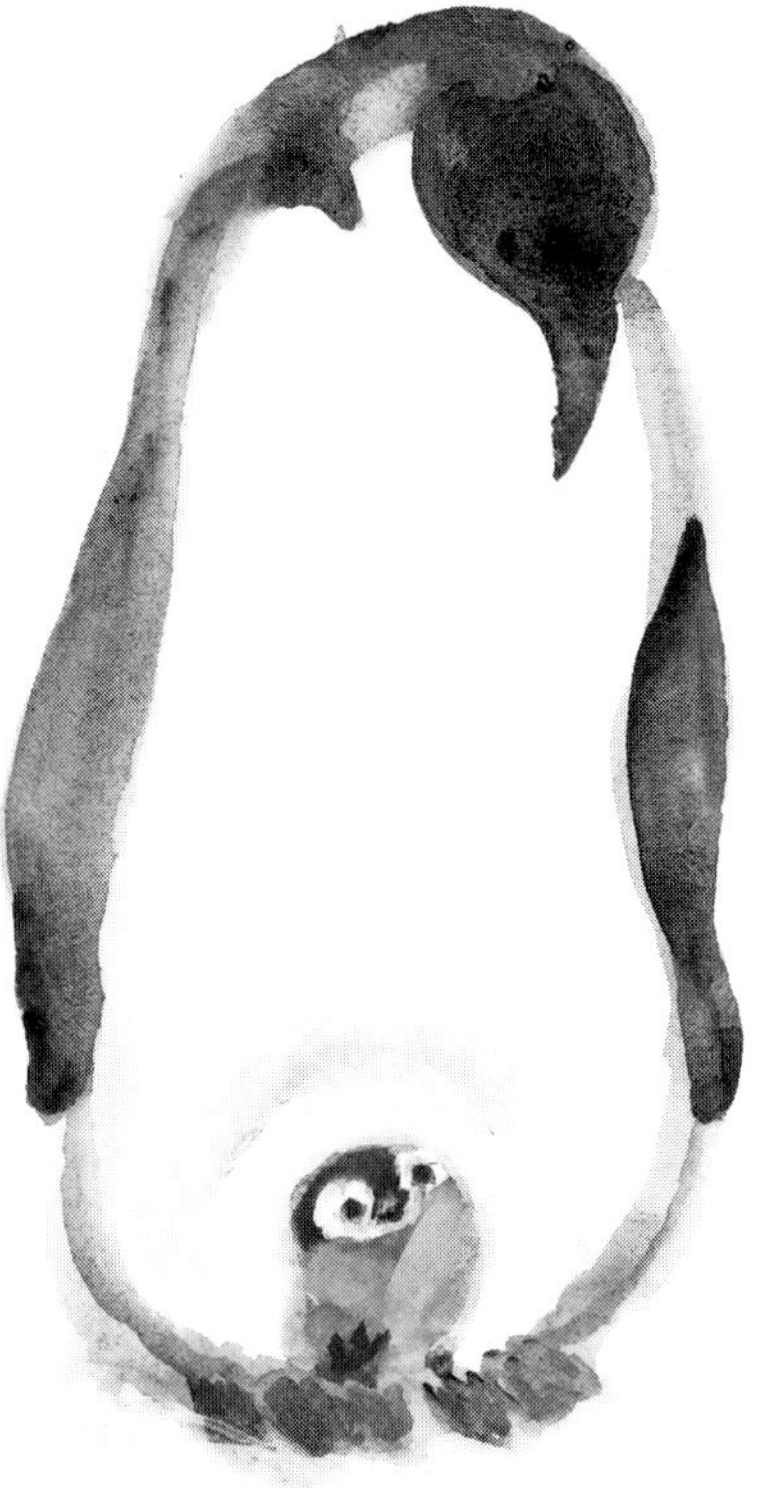

フクフクはお兄《にい》さんらしく、
あいさつしました。
ルルははずかしがりやで、
おばさんのあしの上《うえ》にあるへやに
にげこんでしまいました。

それからもフクフクは歩《ある》きまわりました。

お母《かあ》さんが後《うし》ろから、

「ねえ、フクフク。一人《ひとり》で遠《とお》くまで行《い》っちゃダメよ。」

とよびかけてきたけれど、気《き》にしないでテクテクテクテクテク歩《ある》きました。

五千羽《ば》近《ちか》くのペンギンが集《あつ》まっているので、むれは本当《ほんとう》ににぎやかです。

むれの外《そと》に出《で》てみると、つもった白《しろ》い雪《ゆき》がすべりだいみたいになっています。

フクフクはそこにのぼって、すべりおりてからお母《かあ》さんをさがして、ぼうぜんとしました。

お母《かあ》さんがいません。

どこかではぐれてしまったのです。

しかも、きゅうにさむくなってきました。

フクフクが空《そら》を見上《みあ》げると、さっきまで、あたたかい気《き》がしていたのに、はいいろの雲《くも》が空《そら》をおおっています。

この氷《こおり》の大地《だいち》は、天気《てんき》がとても変《か》わりやすいのです。

雪《ゆき》がふってきました。

「お母《かあ》さん!」

いそいで、フクフクは歩《ある》きだしました。

でも、むれには五千羽《ば》のペンギンがいるのです。どこにお母《かあ》さんがいるのか、わかりません。

しかもみんな、フクフクにせなかをむけて、おしくらまんじゅうを始《はじ》めています。ギュウギュウおしあうと、まんなかはポッカポカにあたたかくなります。そうやって、ふぶきのさむさを乗《の》りきるのです。

「お母《かあ》さん、どこ? お母《かあ》さん?」

風《かぜ》が強《つよ》くなって、雪《ゆき》がフクフクの顔《かお》に真正面《ましょうめん》から当《あ》たります。

ほかのお母《かあ》さんは、それぞれこどもたちをおなかにかかえています。みんな、ぬくぬくねむりについているのに、フクフクだけは、むれの外《そと》で一人《ひとり》、さまよっているのです。だんだん体《からだ》がひえてきました。

このまま会《あ》えなかったらどうしよう。

「お母《かあ》さん、お母《かあ》さーん！」

いっしょうけんめい、よびつづけていると、せなかが、ほんわりあたたかくなりました。

「どこ行《い》ってたの？　さがしたのよ。フクフク。」

お母《かあ》さんが、声《こえ》に気《き》づいてくれたのです。

「会《あ》いたか……った……よ。」

さむすぎて口《くち》がうまく動《うご》きません。

「はやくお入《はい》りなさい。」

フクフクは、ひえきった体《からだ》をひきずりながら、お母《かあ》さんのあしの上《うえ》にあるへやにもぐりこみました。

少《すこ》しずつ体《からだ》があたたまってきます。

これからはちゃんとお母《かあ》さんのいいつけを守《まも》ろう……。

そうちかいながら、フクフクはねむりにつきました。

あたたかい日《ひ》がますますふえてきました。

この日《ひ》も、青空《あおぞら》が広《ひろ》がっていて、遠《とお》くに雲《くも》がぷかぷかういていて、気持《きも》ちのいい天気《てんき》です。

「フクフク、きょうから保育園《ほいくえん》に入《はい》るのよ。」

お母《かあ》さんにそういわれて、フクフクは、もともとまるい目《め》を、さらにまんまるにしました。

「保育園《ほいくえん》？」

「そう。そこで、お友《とも》だちといっしょにすごすの。」

「ぼく、お母《かあ》さんとずっといっしょのほうがいいなぁ。」

「だって、もうフクフクは大《おお》きくなりすぎて、お母《かあ》さんのあしの上《うえ》のへやに入《はい》れないでしょう？　だから、おとなになるじゅんびをするの。」
そういって、お母《かあ》さんは歩《ある》きだします。
フクフクもしぶしぶついていきました。
お母《かあ》さんが立《た》ち止《ど》まったのは、
白《しろ》い大《おお》きな雪《ゆき》のかたまりがある
広場《ひろば》でした。
「ほら、ここが保育園《ほいくえん》よ。
保育士《ほいくし》さんがめんどう見《み》てくれる
からね。あいさつしてね。」
お母《かあ》さんにいわれて、フクフクは、
ぺこっと頭《あたま》を下《さ》げました。

「ぼく、フクフク。おねがいします。」

「よく来《き》てくれたね、フクフク。きみが、保育園《ほいくえん》に来《き》た初《はじ》めての子《こ》だからね。」

「ええっ、ぼく一人《ひとり》?」

「だいじょうぶ、じきにお友《とも》だちもくるから。」

そういわれて、フクフクはお母《かあ》さんを見《み》ました。

「ぼくがいない間《あいだ》、お母《かあ》さんはどうするの?」

「また海《うみ》にでかけるのよ。」

「ええ〜っ?」

「フクフクのために、魚《さかな》をとってくるから、まっててね。」

「はやく帰《かえ》ってきてね。」

お母《かあ》さんの後《うし》ろすがたを見《み》ながら、フクフクはちょっぴり
泣《な》きました。

すると、後《うし》ろから、ほがらかにわらう声《こえ》が聞《き》こえました。

「まったく！　フクフクは体《からだ》は大《おお》きくなっても、あいかわらず、泣《な》きむしだな。」

ふりかえって、フクフクはさけびました。

「お父《とう》さん！」

ちょうど入《い》れかわりで、お父《とう》さんがもどってきてくれたのです。おいしい魚《さかな》をもらいました。

「そのうち、フクフクも自分《じぶん》で魚《さかな》をとるようになるんだぞ。」

そういわれて、フクフクはびっくりしました。

ごはんって、お父《とう》さんかお母《かあ》さんにもらうものだと思《おも》っていた……。

いつか自分《じぶん》でとれる日《ひ》が来《く》るんでしょうか。
そもそも海《うみ》って、どんなところなんでしょうか？
そうぞうするだけで、フクフクのむねは、どきどき
してきたのでした。

お父《とう》さんもお母《かあ》さんも、海《うみ》へ行《い》って、何週間《なんしゅうかん》も会《あ》えないことがあります。

でも、フクフクはもうさびしくありません。保育園《ほいくえん》にたくさんのなかまたちが、入園《にゅうえん》してきたからです。

このむれのなかに保育園《ほいくえん》はいくつかあります。フクフクたちの保育園《ほいくえん》にいるこどもペンギンは、ぜんぶで七十羽《わ》です。

ちょっぴりさむい日《ひ》は、
フクフクは、
「おしくらまんじゅうをやろう！」
といいます。
小《ちい》さい子《こ》たちで、ギュウギュウとおしあって、
体《からだ》がほかほかしてきます。さむがりのフクフクには、とても
楽《たの》しいあそびでした。

あと、おなかですべって、だれがいちばんはやいか競争《きょうそう》するのも、おもしろいゲームでした。つるつるのとけかかった氷《こおり》の上《うえ》だと、テクテク歩《ある》くより、おなかでツイーッとすべったほうがはやく進《すす》めるのです。

そんなあそびをしていたときでした。

「わっ！」

「なにこいつ！」

みんなの輪《わ》のなかに、ペンギンとはまったくちがう大《おお》きな鳥《とり》が割《わ》り込《こ》んできました。

保育士《ほいくし》さんがさけびます。

「気《き》をつけて！　はなればなれにならないようにして！」

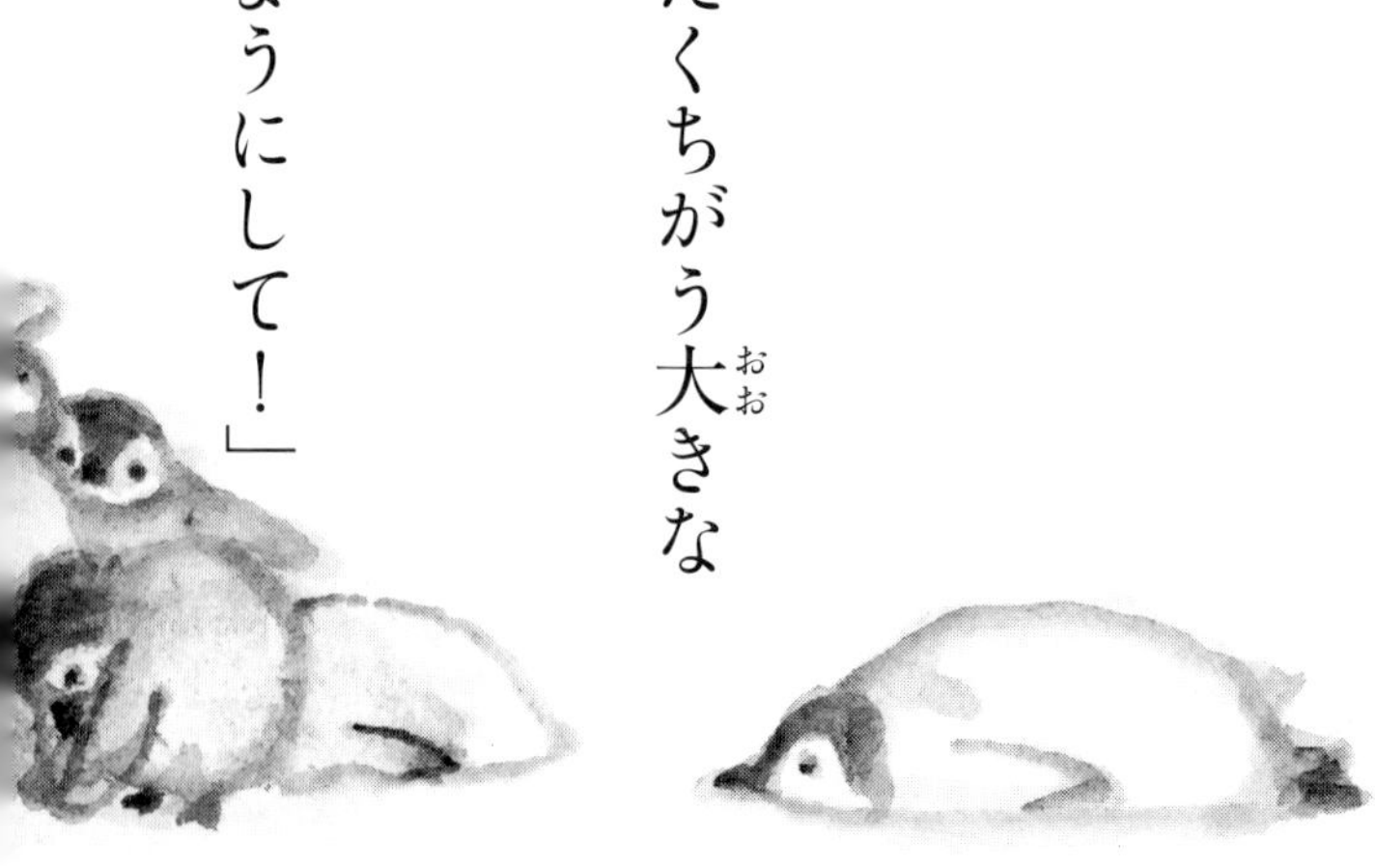

オオフルマカモメです。

春《はる》になって、少《すこ》しあたたかくなってくると、この地《ち》にやってきて、ペンギンのこどもをねらいにくるのです。

フクフクは大声《おおごえ》でよびかけました。

「みんな、いつものおしくらまんじゅうだ！」

すぐになかまたちは、いうとおりにしてくれました。

オオフルマカモメは、あきらめません。みんなのまわりを歩《ある》きまわり、むれから少《すこ》しでもはなれた子《こ》を引《ひ》きずりだそうとしています。

「あ……。」

弱々《よわよわ》しい声《こえ》をあげたのは、ルルでした。

前《まえ》に、フクフクが会《あ》った、とっても小《ちい》さな女《おんな》の子《こ》。あれか

らだいぶ大《おお》きくなりましたが、
まだフクフクの体《からだ》の
半分《はんぶん》くらいしかありません。
その小《ちい》さい体《からだ》に
オオフルマカモメは目《め》を
つけたのです。
くちばしで思《おも》いきり
ルルを引《ひ》っぱります。
保育士《ほいくし》さんがどなりました。
「むれからはなれちゃダメ！
しっかりみんなかたまって！」

つまり、ルルを助《たす》けるために、ばらばらになってはダメなのです。一羽《わ》の命《いのち》を救《すく》おうとして、全員《ぜんいん》がきけんな目《め》にあったらまずい、と保育士《ほいくし》さんはいいたいのでした。

でも、フクフクは、ルルがつれていかれるのをだまって見《み》ていることは、どうしてもできなかったのです。

「えいっ。」

オオフルマカモメに、キックをくらわせました。

びっくりしたオオフルマカモメは、つかまえていたルルをはなして、こっちにむかってきました。

「ルル、にげるんだ！」

フクフクがいうと、ルルはあわてて、おしくらまんじゅうのなかに、にげこみました。

　オオフルマカモメは、えものを失《うしな》って、かんかんにおこっています。

　こんどはフクフクを、大《おお》きいくちばしでつついてきました。

「なんだよ、おまえ！　出《で》てけ。」

　フクフクは強気《つよき》でやりかえしましたが、かたのあたりの羽根《はね》を思《おも》いきりむしられました。

　いたい……。

悲鳴《ひめい》をあげたいけれど、弱《よわ》みを見《み》せてはいけません。平気《へいき》な顔《かお》をして、フクフクは、くちばしで逆《ぎゃく》につつきかえしました。イタタタ、と顔《かお》をしかめて、オオフルマカモメは、ついににげていきました。

「やった！　出《で》ていったぞ！」

フクフクのかつやくに、保育園《ほいくえん》のなかまたちは大喜《おおよろこ》びです。それだけではありません。なんと、ちょうどお母《かあ》さんが帰《かえ》ってきたのでした。

「いらっしゃい、フクフク。」

「お母《かあ》さん！」

「勇気《ゆうき》があって、えらかったわね。ごほうびにお魚《さかな》、たくさん食《た》べなさい。」

おなかのなかに入《い》れて運《はこ》んできた魚《さかな》を、お母《かあ》さんはくちばしから、フクフクにたっぷりくれたのでした。

もう何日《なんにち》も食《た》べなくてもだいじょうぶ！　というくらいおなかがふくれたところで、お母《かあ》さんがいいました。

「ちょっと、おさんぽしましょうか。」

「うん！」

フクフクとお母《かあ》さんは、白《しろ》い氷《こおり》をふみしめて歩《ある》きました。

「さっきはりっぱだったね。フクフク。ちゃんと友《とも》だちを

守《まも》って。」

「えへへ。」

ほめられて、フクフクは、お母《かあ》さんと目《め》をあわせるのがはずかしくて、下《した》をむきました。

「あのね、フクフクには、これからもリーダーでいてほしいの。きょうみたいなことがあったら、みんなを守《まも》ってほしい。」

お母《かあ》さんの声《こえ》がいつになくまじめです。

「うん、わかった。」

「それからね、みんながいやがるとき、先頭《せんとう》に立《た》ってがんばってほしいの。」

「いやがるとき……？」

「いつか、海《うみ》に着《つ》いて、でも、初《はじ》めて入《はい》る水《みず》ってこわいでしょ？　みんな、きっとしりごみする。そんなときに、リーダーとして、がんばってほしいの。」

「そんなに、こわいの？」

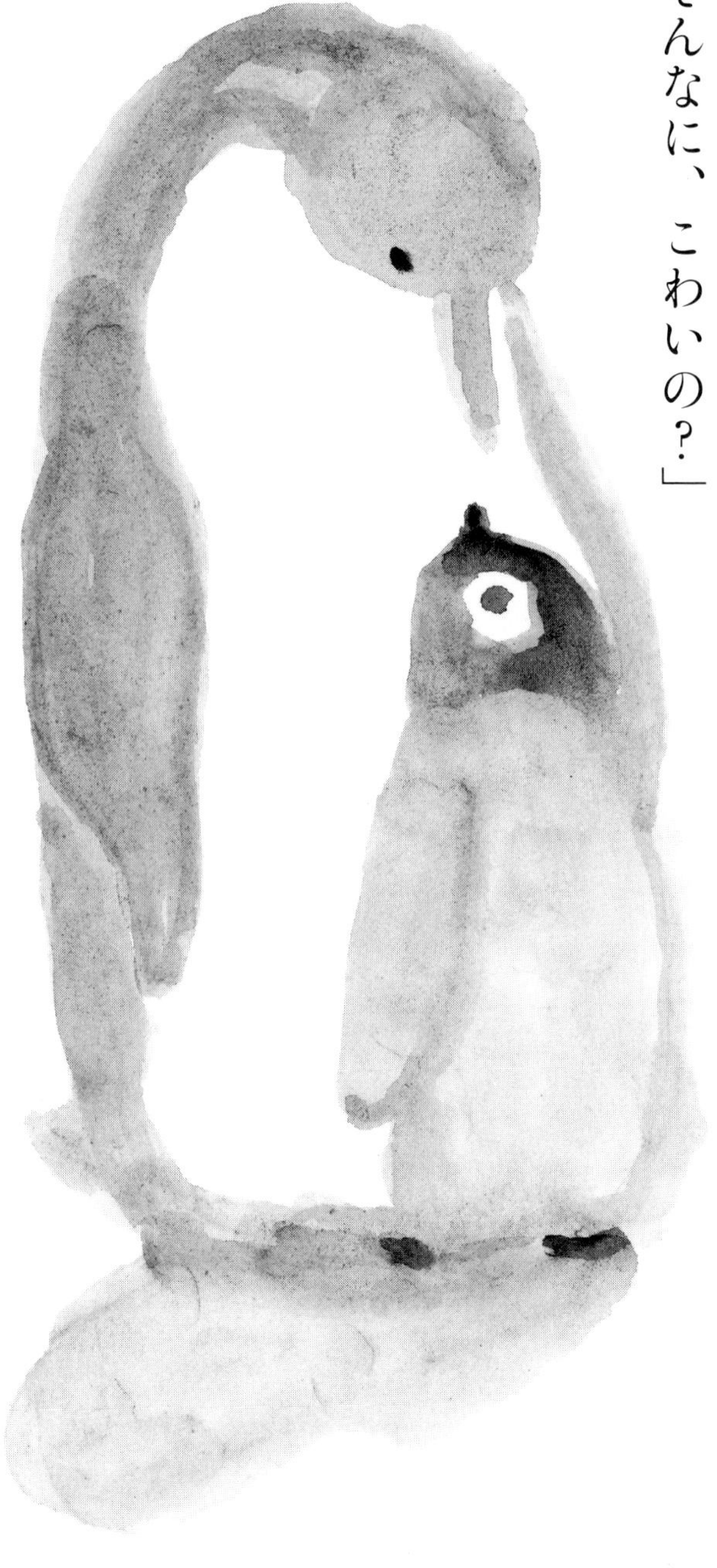

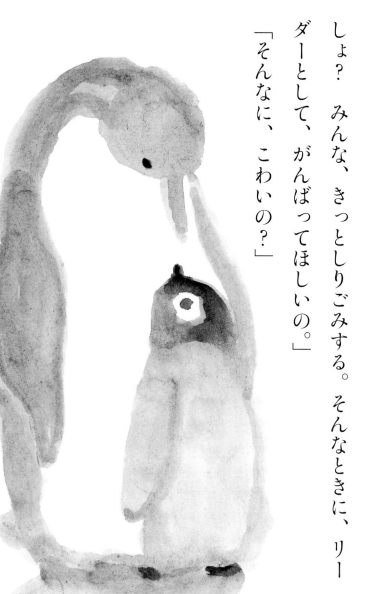

「海《うみ》は、魚《さかな》がたくさんいて、すいすいとスピードだしておよげて、とっても気持《きも》ちのいいところよ。ただ、ヒョウアザラシっていう、大《おお》きなおそろしい生《い》きものがいるから、気《き》をつけて。」

「ヒョウアザラシ……。」

「もしヒョウアザラシがあらわれたら、すぐに近《ちか》くの陸《りく》ににげてね。海《うみ》のなかだと、ずっと追《お》いかけられるから。」

「うん……。」

ちょっぴり海《うみ》がこわくなってきて、

フクフクはかくにんしました。

「海《うみ》……お母《かあ》さんがつれていってくれるんだよね？」

お母《かあ》さんは首《くび》を横《よこ》にふりました。

「いいえ、じつはね。お母《かあ》さんが、フクフクといっしょにいられるのは、きょうが最後《さいご》なの。」

「えっ？」

なにか聞《き》きまちがえたのだと、フクフクは思《おも》いました。

「最後《さいご》って……どういうこと？」

「お別《わか》れなのよ。フクフク。もうじゅうぶん大《おお》きくなった。これからは、同《おな》い年《どし》の友《とも》だちと、はげましあって生《い》きていってほしいの。」

「ぜったいイヤ。」

フクフクはきっぱり答《こた》えました。

「お母《かあ》さんだけじゃないの。お父《とう》さんももうもどらないし、ほかのおばさんたちも、それから保育士《ほいくし》さんも、まもなくこの地《ち》をはなれるわ。ここから先《さき》は、友《とも》だちと団結《だんけつ》してがんばって。」

「イヤだ。」

「リーダーとしてがんばってね、フクフク。」

「イヤだ。」

目《め》からなみだがこぼれていきます。よく見《み》ると、お母《かあ》さんの目《め》もぴかっと光《ひか》っていました。なみだがうかんでいるのです。

「じゃあ、ひとあし先《さき》に、海《うみ》に行《い》ってるね。」

「帰《かえ》ってきてね！」

フクフクがそうよびかけたけれど、お母《かあ》さんはへんじをしてくれませんでした。一度《いちど》だけふりかえって、つばさを小《ちい》さくふって、さっていってしまいました。

夏《なつ》でも、あたたかい日《ひ》ばかりとはかぎりません。

この白《しろ》い氷《こおり》の大地《だいち》では、きゅうにふぶきが来《く》ることもあるのです。

雪《ゆき》がとつぜんふきつけてきて、さむくなりました。

でも、フクフクたちを守《まも》ってくれるおとなは、もういませんでした。

お母《かあ》さんも、そしてお父《とう》さんも、本当《ほんとう》にもどってこなかったのです。まわりのおとなは次々《つぎつぎ》といなくなって、ついに、いちばん小《ちい》さいルルを見守《みまも》っていた、ルルのお母《かあ》さんまでいなくなりました。

フクフクはみんなによびかけました。

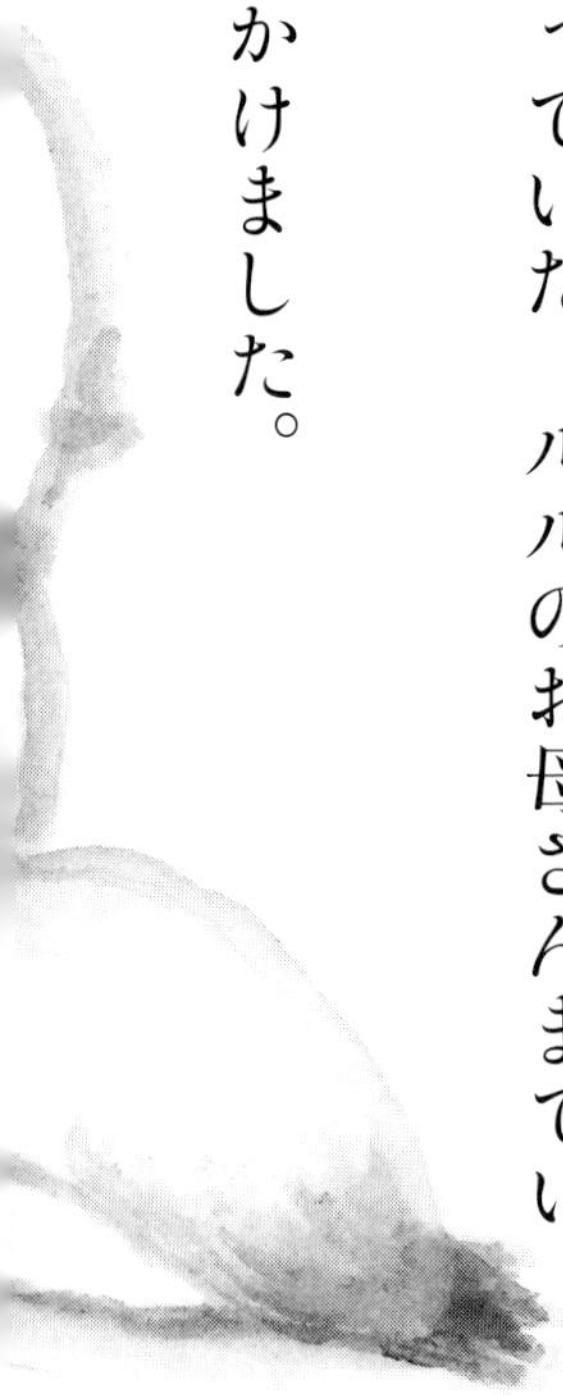

「おしくらまんじゅうをしよう。」

すぐになかまがフクフクをかこんでくれます。フクフクの体《からだ》はあったかくなりました。

でも、はなれたところで、ルルが氷《こおり》に足《あし》をとられて、ころんでいるのが見《み》えました。あわてて立《た》ち上《あ》がって、おしくらまんじゅうのいちばん外側《そとがわ》にくっつこうとしています。

でも、外側《そとがわ》は雪《ゆき》がふきつけてさむいのです。まだ、こがらなルルの体《からだ》はひえきってしまうでしょう。

フクフクは、けっしんしました。

「ちょっと、みんな場所《ばしょ》をあけて。ぼく、外《そと》に出《で》るから。」

ギュウギュウとおしあっているなかまたちの間《あいだ》を通《とお》りぬけて、フクフクは外《そと》に出《で》ました。

風《かぜ》がビュウビュウとひっきりなしにふきつけ、フクフクは体《からだ》をふるわせました。

「ルル、さむいかい？」

そう聞《き》くと、小《ちい》さなルルは顔《かお》をあげました。くちばしにも雪《ゆき》がつもっています。

「だいじょうぶだよ、ルル。ほら、このすきまに入《はい》って。」

「うん……。」

フクフクは、ルルをおしこんで、自分《じぶん》の体《からだ》でふたをするようにして、あったかくしてあげました。そのかわり、フクフクのせなかに雪《ゆき》がつもります。

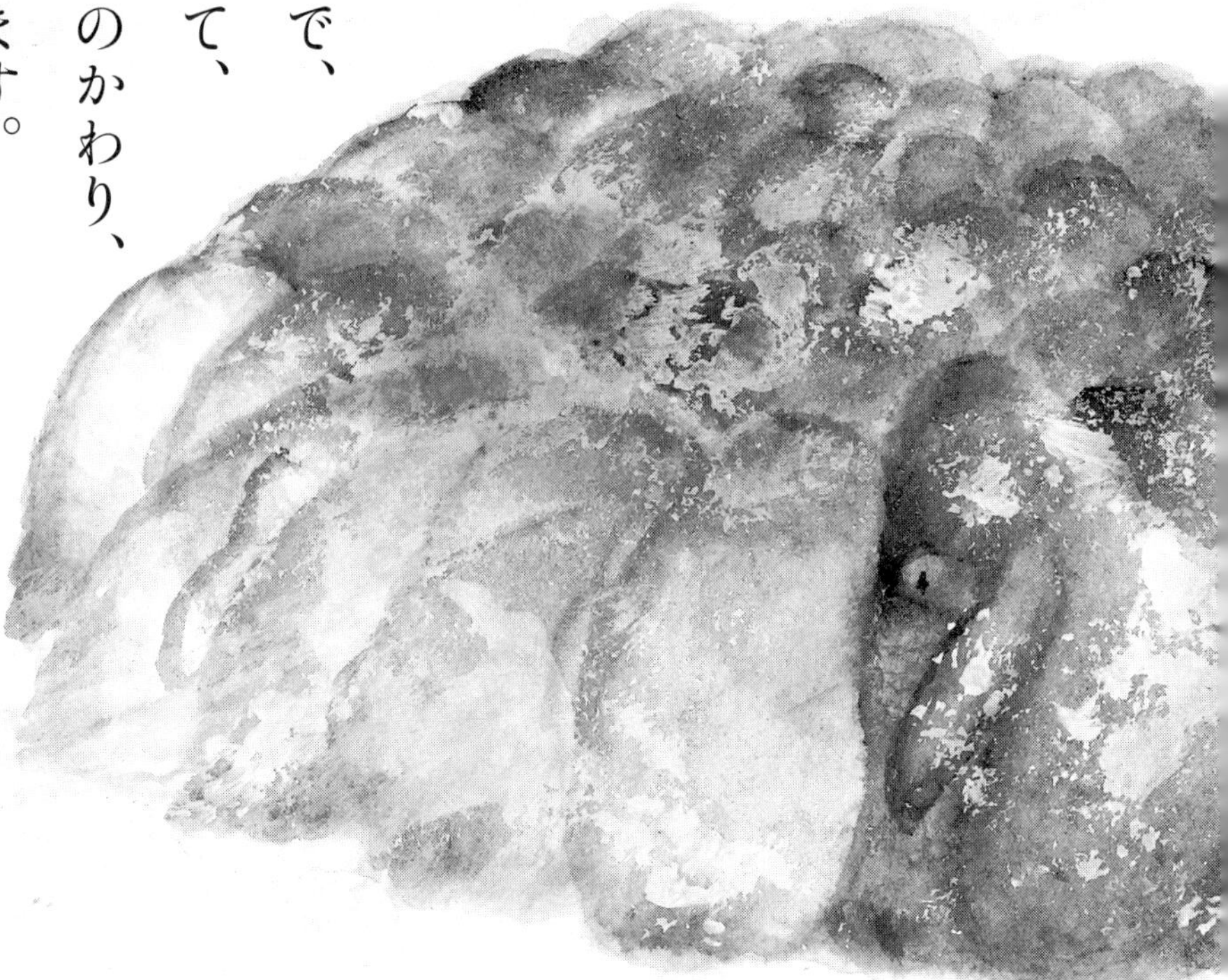

ぼく、さむいのキライなのになぁ……。
お父《とう》さんの声《こえ》が聞《き》こえた気《き》が
しました。がんばれ、フクフク。
お母《かあ》さんの声《こえ》が聞《き》こえた気《き》が
しました。がんばって、フクフク。
「おしくらまんじゅう、
もっとおすぞ、ギュウギュウ！」
フクフクは、むりやり元気《げんき》な声《こえ》をだして、
いっしょうけんめいみんなをおしました。
やがて青空《あおぞら》がもどってきました。
あたたかくなったけれど、

フクフクはおさんぽする気《き》になれません。もう一週間以上《しゅうかんいじょう》、ごはんを食《た》べていないのです。ずいぶんやせてしまいました。

自分《じぶん》たちの力《ちから》で、海《うみ》に行《い》くべきかな。

フクフクは、なやんでいました。

でも、まわりのなかまたちは、

「お母《かあ》さん、お父《とう》さんが帰《かえ》ってくるかもしれないから。」

といって、ここでまちたがっているのです。

そんなとき、見《み》なれない鳥《とり》があらわれました。オオフルマカモメとはちがって、自分《じぶん》たちペンギンによくにていますが、もようがずいぶんちがうのです。

フクフクは、みんなの代表《だいひょう》として、前《まえ》に進《すす》み出《で》ました。

「こんにちは。きみ、だれかな。」

「ぼくはね、アデリーペンギン。名前《なまえ》はアデューだよ。」

フクフクよりも小《ちい》さいペンギンです。

「きみは、どこからきたの？　こがらだね。ぼくたちと同《おな》じ、こどものペンギン？」

「いいや、ぼくはおとなのペンギンだよ。きみたちコウテイペンギンとちがって、ぼくらは小《ちい》さいしゅるいなんだ。」

おとなのペンギンと聞《き》いて、フクフクはていねいにへんじをしました。

「ああ、そうなんですか。」

「ぼくらは冬《ふゆ》の間《あいだ》は、もう少《すこ》しあったかいとこにいてね。これから夏《なつ》をこのあたりですごそうと思《おも》って、見《み》にきたんだ。」

「へえ。あの、アデューさん。海《うみ》を見《み》たことありますか？」

「そりゃあ、あるよ。よかったら案内《あんない》しようか？」

「えっ、本当《ほんとう》ですか？」

「だって、ぼくは海《うみ》のほうから来《き》たんだもの。かんたんにつれていけるよ。」

「でも、海《うみ》って遠《とお》いんですよね？」

「それは春《はる》までの話《はなし》。」
「え？」
「夏《なつ》になった今《いま》は
あったかいから、海辺《うみべ》の
氷《こおり》もどんどんとけてね。
ここから海《うみ》まで、何日《なんにち》か
歩《ある》けば行《い》けちゃうよ。」
フクフクは目《め》をとじて
考《かんが》えました。
リーダーとして、今《いま》こそ
決心《けっしん》すべきだ、と思《おも》ったのです。

「みんな、ここにいるアデューさんが、海《うみ》に案内《あんない》してくれるって。だから、いっしょに行《い》こう。」

フクフクがいうと、みんな、うなずきました。全員《ぜんいん》が、とってもおなかがすいていて、今《いま》にもたおれそうな気分《きぶん》だったのです。

白《しろ》い氷《こおり》の上《うえ》を、海《うみ》へ、海《うみ》へ。

保育園《ほいくえん》のなかまたち七十羽《わ》で、ゆっくりと行進《こうしん》が始《はじ》まりました。

フクフクは、ルルといっしょに先頭《せんとう》を歩《ある》くことにしました。ルルは歩《ある》くのがおそいから、そのスピードにあわせて歩《ある》けば、だれもおくれずにすみます。

アデューさんが話《はな》しかけてきました。

「そういえば、きみの名前《なまえ》、聞《き》いてなかったね。もしかして、フクフクくんかい？」

「え、どうしてぼくの名前《なまえ》を！」

「リーダーだから、そうかな、って思《おも》ってたんだ。じつはね、きみのお父《とう》さんとお母《かあ》さんのことを知《し》ってるんだ。つい、何日《なんにち》か前《まえ》、海《うみ》で会《あ》った。」

「えええっ！」

「ヒョウアザラシっていうでっかい、こわいやつがあらわれてね。ぼくらアデリーペンギンが食《く》われそうになったとき、きみのお父《とう》さんとお母《かあ》さんが、助《たす》けてくれたんだ。」

「ぼくのお父《とう》さんとお母《かあ》さんが……？」

「そう。自分《じぶん》たちのなかまを助《たす》けるだけじゃなくて、ぼくらのことも。ヒョウアザラシをからかうみたいに、じょうずにおよいでにげて、その間《あいだ》に、ぼくらは陸《りく》にあがれた。」

「そうだったんだ……。」

ただ、魚《さかな》をとるだけじゃなく、お父《とう》さんとお母《かあ》さんは、海《うみ》でそんなすごいことをしていたのです。

「助《たす》けてもらったあと、少《すこ》しだけしゃべったんだ。そしたら『わたしたちには、とってもゆうかんなフクフクっていうむすこがいるの。リーダーなのよ。』っていってたから。」

「ゆうかんなむすこ……かぁ。」

フクフクは、海《うみ》にむかう決心《けっしん》をしてよかったなぁ、と思《おも》いました。

「海《うみ》に行《い》けば、お父《とう》さんとお母《かあ》さんに会《あ》えるのかな。」

「遠《とお》くの海《うみ》に行《い》くっていってたから、たぶん、会《あ》えないんじゃないかな。」

「そうか……。」

ざんねんだけれど、おちこんでいるひまはありません。

「ねえ、あのキラキラ光《ひか》ってるの、海《うみ》じゃない?」

ルルがいいだしたのです。

本当《ほんとう》でした。海《うみ》が遠《とお》くに見《み》えてきました。

あれが海《うみ》か。あのなかに魚《さかな》がいるのか。

波《なみ》がゆらゆらゆれて、いっときもじっとしていません。しずかな氷《こおり》の世界《せかい》から来《き》たフクフクは、それがふしぎで、いつまでたっても見《み》あきないのでした。

ルルが、フクフクに話《はな》しかけてきました。

「フクフク兄《にい》ちゃん、羽根《はね》がヘンになってるよ？」

「ん？」

今《いま》まで、前《まえ》へ進《すす》むことにむちゅうで、気《き》がつきませんでした。フックフクにやわらかだった羽根《はね》がぬけおちて、つやつやの羽根《はね》に変《か》わっているのです。まるで、お父《とう》さん、お母《かあ》さんみたいに。

「あれ、ルルの羽根《はね》もだいぶ変《か》わってるぞ。」

フクフクがいうと、ルルはびっくりして自分《じぶん》の体《からだ》を見《み》ています。まだ半分《はんぶん》くらい、ふわふわの毛《け》がのこっていますが、だいぶつやつやの黒《くろ》と白《しろ》の羽根《はね》に変《か》わっています。

アデューさんが教《おし》えてくれました。

「おとなの羽根《はね》になったんだよ。深《ふか》く海《うみ》にもぐれるような、そういう羽根《はね》にね。」

それからアデューさんはいいました。

「じゃあ、ぼくはむれのもとにもどるから。元気《げんき》でね！」

「ありがとう。アデューさん！」

つばさを大《おお》きくふって、フクフクたちは見送《みおく》りました。

七十羽《わ》のペンギンたちが、

白《しろ》い氷《こおり》におおわれたがけに立《た》っていました。その中心《ちゅうしん》にいるのは、もちろんフクフクです。すぐ横《よこ》にルルもいます。青空《あおぞら》がとってもきれいです。太陽《たいよう》が明《あか》るく、海《うみ》をまぶしくてらしています。

「さあ、みんな。いよいよ、ぼくたちは海《うみ》に入《はい》るよ。」

フクフクがよびかけました。

「でも……やっぱりこわい……。」

ルルが、水色《みずいろ》の海《うみ》を見下《みお》ろしながらいいます。

「およげなくって、おぼれたらどうしよう。」

「そうだよね。」「こわいよね。」

ほかのペンギンたちも、しんぱいそうに顔《かお》を見合《みあ》わせます。

みんなの立《た》っている場所《ばしょ》は、氷《こおり》のがけで、そこから水辺《みずべ》まではニメートルのきょりがあるのです。

お母《かあ》さんの声《こえ》が、フクフクの頭《あたま》によみがえってきました。

初《はじ》めて入《はい》る水《みず》ってこわいでしょ? みんな、きっとしりごみする。そんなときに、リーダーとして、がんばってほしい――。

「だいじょうぶだよ、みんな。ぼくが最初《さいしょ》に入《はい》るから。」

フクフクはそういって、がけっぷちに立《た》ちました。

もしかしたら、真下《ました》にはこわいヒョウアザラシがいて、大《おお》きな口《くち》をあけてまっているかもしれません。でも、新《あたら》しい一《いっ》歩《ぽ》をふみださなければ、なにも始《はじ》まらないのです。

ぼくが、やるんだ。

フクフクはみんなに、つばさをふりました。

「行《い》くよ！」

「フクフク……。」「しんぱいだよ……。」

みんなが口々《くちぐち》につぶやきながら、見《み》つめています。思《おも》いきり息《いき》をすいこんで、フクフクはがけっぷちからジャンプしました。みるみる、青《あお》い水面《すいめん》が近《ちか》づいてきます。バシャッと水《みず》がはねあがって、フクフクは深《ふか》くもぐりました。

ヒョウアザラシは……いませんでした！

そして、ふしぎです。初《はじ》めてなのに、フクフクはちゃんとおよぎ方《かた》を知《し》っていました。キュッとつばさで水《みず》をかいて、水面《すいめん》にうきあがります。

「みんな、だいじょうぶだよ！　敵《てき》はだれもいない。水《みず》のなかは、気持《きも》ちいいよ！」

わぁ！　とよろこぶ声《こえ》が、あちこちから聞《き》こえます。みんなが次々《つぎつぎ》と飛《と》びこんできました。

ふるえていたルルも、目《め》をとじて、思《おも》いきってジャンプしました。

「ほら、だいじょうぶだったろ？」

フクフクは水《みず》のなかで、出《で》むかえてあげました。

みんな、気持《きも》ちよさそうにもぐったり、水面《すいめん》にうかんだりしています。

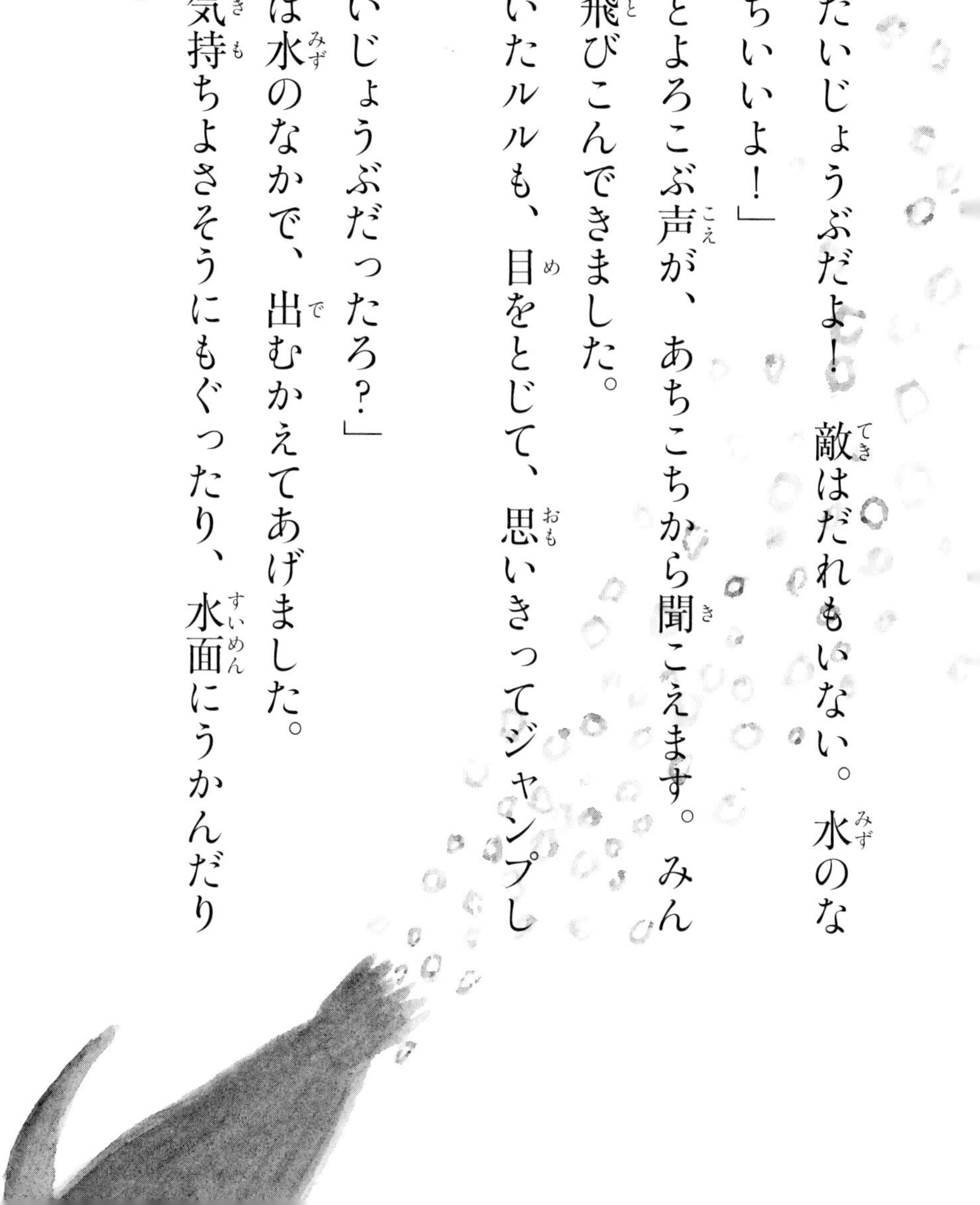

フククはよびかけました。

「さあ、みんな、食《た》べられそうな魚《さかな》をさがしにいこう！」

「オーッ！」

なかまたちは、沖《おき》へむかいはじめます。

フククは、先頭《せんとう》に立《た》ったり、いちばん後《うし》ろに回《まわ》ったり、水中《すいちゅう》を自由自在《じゆうじざい》におよぎまわりました。そして、さけびました。

「ほら、みんな見《み》て！　あそこに魚《さかな》の大群《たいぐん》が。行《い》こう！」

小《ちい》さな魚《さかな》の群《む》れは、太陽《たいよう》の光《ひかり》を
あびて、銀色《ぎんいろ》にかがやいています。
みんなは一気《いっき》にスピードをあげました。

# ペンギンのまめちしき

ペンギンにちょっぴりくわしくなるオマケのおはなし

## コウテイペンギンの子育《こそだ》ては大変《たいへん》！

この物語《ものがたり》に出《で》てきたフクフクは、コウテイペンギンという種類《しゅるい》のペンギンです。ペンギンのなかでは、いちばん大《おお》きい種類《しゅるい》です。

コウテイペンギンは、気温《きおん》がマイナス六十度《ど》にもなるさむいさむい南極大陸《なんきょくたいりく》で子育《こそだ》てをします。「世界《せかい》でもっとも大変《たいへん》な子育《こそだ》てをする鳥《とり》」といわれています。

お母《かあ》さんは、卵《たまご》を一個《こ》だけうみます。卵《たまご》をうんだお母《かあ》さんは、すぐに食《た》べものをとりに海《うみ》にむかいます。お母《かあ》さんの帰《かえ》りが遅《おく》れると、お父《とう》さんは、うまれてきたこどもに、おなかのなかの食《た》べものをあげて、つぎにペンギンミルク（のどのおくからだす栄養《えいよう》あるごはん）をあげます。

# たすけあって生《い》きている！

コウテイペンギンのお父《とう》さんは、お母《かあ》さんの帰《かえ》りを六十日間《にちかん》ほど、なにも食《た》べずにじっとまちます。つめたいふぶきがふきあれても、じっとたえつづけるのです。

おかあさんが帰《かえ》ってきたら、こんどはおとうさんが海《うみ》にむかい、子《こ》どもにあげる食《た》べものをとりにいきます。

フクフクは「保育園《ほいくえん》」に通《かよ》っていましたね。じっさいには、おしごとをしている保育士《ほいくし》さんはいませんが、少《すこ》し大《おお》きくなったこどもたちは、ひとつの場所《ばしょ》に体《からだ》をよせて、あたためあい、助《たす》けあって生《い》きていきます。

そうすることがオオフルカモメなど、こどもたちをねらうものたちから、自分《じぶん》たちを守《まも》ることにもなるのです。

# 声《こえ》がいいペンギンがもてる！

水族館《すいぞくかん》でしきりに鳴《な》いているペンギンを見《み》たことはありますか？

ペンギンにとって、この「声《こえ》」はとてもだいじ！こどもは、この声《こえ》でお父《とう》さんやお母《かあ》さんを見《み》つけます。

また「長《なが》くのびる声《こえ》」の男《おとこ》の子《こ》ペンギンは女《おんな》の子《こ》ペンギンに人気《にんき》があるそうです。女《おんな》の子《こ》ペンギンは、「体《からだ》が大《おお》きい」と、男《おとこ》の子《こ》ペンギンに人気《にんき》があるそうです。

ペンギンの水槽《すいそう》の前《まえ》に立《た》ってしばらく見《み》てみましょう。人《ひと》なつっこいペンギンが、近寄《ちかよ》ってくるでしょう。ペンギンは、好奇心旺盛《こうきしんおうせい》だといわれています。

## 好奇心旺盛《こうきしんおうせい》で、目《め》がとてもいい！

日本《にっぽん》の南極観測隊《なんきょくかんそくたい》は、南極《なんきょく》でペンギンたちが、人間《にんげん》たちのあとをついてきたと書《か》きのこしています。水族館《すいぞくかん》のペンギンたちも、私《わたし》たちをじーっと見《み》つめてくれます。

目《め》はとてもよく見《み》えていて、水《みず》のなかでは、人間《にんげん》よりよく見《み》えているといわれています。

飼育員《しいくいん》さんに、なにをして遊《あそ》んでいるのかきくと、「水槽《すいそう》のなかで、おもしろいものがないかさがす遊《あそ》びをしているんだと思《おも》いますよ。」と教《おし》えてくれました。

いきいきとおよぐ姿《すがた》を見《み》ていると、こちらまでさわやかな気持《きも》ちになってきます。

取材協力《しゅざいきょうりょく》／すみだ水族館《すいぞくかん》

すみだ水族館《すいぞくかん》（東京都墨田区《とうきょうとすみだく》）にはコウテイペンギンはいません。こんなマゼランペンギンがいますよ。

## 吉野万理子｜よしのまりこ

1970年生まれ。神奈川県出身。作家、脚本家。2005年、『秋の大三角』（新潮社）で第一回新潮エンターテインメント新人賞を受賞。児童書の作品に、『チームふたり』をはじめとする「チーム」シリーズ（学研プラス）や、『時速47メートルの疾走』『赤の他人だったら、どんなによかったか。』『おしごとのおはなし サッカー選手 走れ！ みらいのエースストライカー』『おしごとのおはなし パイロット パイロットのたまご』（すべて講談社） などがある。2012年『劇団6年2組』2015年『ひみつの校庭』（ともに学研プラス）でうつのみやこども賞を2度受賞。

## 松成真理子｜まつなりまりこ

1959年生まれ。大阪府出身。京都芸術短期大学（現／京都造形芸術大学）卒業後、広告、雑誌等で活躍。絵本『まいごのどんぐり』（童心社）で第32回児童文芸新人賞受賞。主な絵本に『ふでばこのなかのキルル』『じいじのさくら山』（ともに白泉社）、『ぼくのくつ』『せいちゃん』（ともにひさかたチャイルド）、『ころんちゃん』（アリス館）、『たなばたまつり』『はるねこ』（ともに講談社）、『かさじそう』『手ぶくろを買いに』（ともに岩崎書店）、『ヒョウのハチ』（小学館）、『雨ニモマケズ』（あすなろ書房）などがある。紙芝居や童話の挿絵も数多く手がけている。

ブックデザイン／脇田明日香　巻末コラム／編集部

参考資料
『おどろきと感動の動物の子育て図鑑４　なかよし家族』今泉忠明・梅澤実／監修　学研プラス
『コウテイペンギンの子育て』とうげすみお／文　むらせやすひろ／絵　文芸社
『ペンギンガイドブック』藤原幸一　阪急コミュニケーションズ

どうぶつのかぞく　ペンギン

# はらぺこペンギンのぼうけん

2018年12月17日　第1刷発行
2020年12月1日　第2刷発行

作　吉野万理子《よしのまりこ》
絵　松成真理子《まつなりまりこ》
監修　今泉忠明《いまいずみただあき》
発行者　渡瀬昌彦
発行所　株式会社講談社
〒112-8001 東京都文京区音羽2-12-21
電話　編集 03-5395-3535　販売 03-5395-3625　業務 03-5395-3615
印刷所　共同印刷株式会社
製本所　島田製本株式会社

N.D.C.913 79p 22cm  ISBN978-4-06-513906-6